시의 소중함을 아는

님께 드립니다!!

숨어 빛나는 것들

지은이 선우
펴낸이 김용태 | **펴낸곳** 이룸나무
편집장 김유미 | **편집** 김지현
마케팅 출판마케팅센터 | **디자인** 플랜A
초판 1쇄 인쇄일 2017년 12월 10일
초판 1쇄 발행일 2017년 12월 25일
주소 410-828 경기도 고양시 일산동구 산두로 265-17(정발산동)
전화 031-919-2508 **마케팅** 031-943-1656 **팩시밀리** 031-919-2509
E-mail iroomnamu@naver.com
출판 신고 제 2015-000016 (2009년 9월 16일)
가격 10,000원
ISBN 978-89-98790-51-6 03810
※ 잘못된 책은 구입한 서점에서 바꾸어 드립니다.

숨어 빛나는 것들

선우 시집

이룸나무

작가의 말

어린 시절 마당 앞에 나서면 백두대간의 한 줄기가 이어진 연비산(鳶飛山)이 가슴 가득 안겨 왔습니다. 산의 이름이 무엇인지도 모른 채 어린 시절을 보냈습니다. 그러나 마음이 울적하거나 혼자 있고 싶은 날에는 그 산을 말없이 바라보는 것만으로도 왠지 모를 평안함을 느끼곤 했습니다.

고개 하나만 넘으면 경상도였고, 한때는 가야시대였던 곳, 신라와 백제의 경계였던 곳, 독특한 말씨와 풍습을 사용하던 곳이 나의 고향이었습니다.

사람은 나고 자란 곳이 어디였고, 어떤 환경에서 자랐느냐에 따라 많은 영향을 받으며 살 수밖에 없는 존재입니다. 또한, 그것을 어떻게 받아들이고, 해석하고, 공감해 가느냐에 따라 삶의 질과 가치가 달라진다고 봅니다. 산과 들이 있고, 시내가 흐르고, 아름다운 꽃과 나무를 보며 자랐던 어린 시절이 있었기에 감히 시를 쓰는 즐거움과

시를 쓰는 행위를 시작하게 되었습니다. 내가 바라본 모든 삶들이 한마디로 다 읽어내릴 수 없었던 커다란 시집(詩集)이었습니다. 열두 살 나이에 경험했던 삶과 죽음의 경계들 그리고 이후 만나게 된 수많은 이별들은 나에게 많은 가르침을 던져주었습니다. 책을 읽는 것이 즐거웠고, 그 속에서 만난 상상의 등장인물들이 가슴 속에 늘 살아있었습니다. 읽는 즐거움은 쓰는 즐거움으로 이어졌고, 쓰는 행위는 결국 내면의 친구가 되어 주었습니다.

오랫동안 시를 쓴다고 스스로에게 말해왔지만, 세상에 나의 이야기를 내보이기에는 많이 부족했습니다. 그러나 이제는 어설픈 걸음마이지만 세상을 향해 저를 내보이고자 결심했습니다. 더 넓고, 깊게 삶을 안아보며 살아가고 싶기 때문입니다. 삶의 모든 도전과 시련 뒤에는 반드시 빛나는 진주가 숨어 있다는 말을 읽은 기억이 납니다. 앞으로도 그렇게 살아낸 경험과 힘을 통해, 열심히 살아가는 많은 이들과 함께하는 삶을 살고 싶습니다. 가슴 가득 사랑을 피워 올려 세상을 따뜻함으로 물들이고 싶습니다. 떨리는 첫 시집을 발간하도록 격려해준 글바람 문우들과 시평을 써 주신 복효근 시인님, 늘 응원해주신 김사은 PD님 그리고 사랑하는 가족들에게 감사드립니다.

어머니, 아버지 사랑합니다.

2017년 초겨울에

김선우

Contents

1부≫ 산딸나무꽃 별처럼 내려앉은

2부≫ 차마 그 강을 건너기나 했을까

3부≫ 반짝이는 너

1부

산딸나무꽃 별처럼 내려앉은

모과나무 아래서

닿을 수만 있다면 하늘 저 끝이 어디쯤인지
숨차게 오르고 싶은 것이다
손톱만한 초록전구들을 온몸에 촘촘히 걸어두고
그물 같은 하늘의 사다리를 한 발 한 발 디디고 올라가
일제히 환한 등불을 켜둘 것이다
그 사이 바람이 조금 불고
몇 가닥 실낱같은 빗줄기들이 쏟아지는
어두운 시간들이 지나갈 것이다
하여 연분홍 모과꽃들이 서로 빛을 뿜어낼 것이고
그러다 어느 때에 이르면 이지러지고 뭉쳐진 심장은
노오랗고 단단한 약속으로 빚어질 것이다

크로마토그래피

오직
젖어야만
다다를 수 있다는 것

젖지 않고
어찌

함박꽃

문득
함박꽃처럼
나도 몰래
담뿍
웃음 짓는 것은

그대가
함박눈처럼
펑펑
내려왔기 때문이다

그 속에서
길을 잃었다

할머니 나무

넓은 들녘 동네 어귀 지키고 앉아 지나는 바람, 새떼들에게
빛 바래가는 치맛자락 슬몃 여미며 한참 동안 옛날이야기 들려준다

일생의 수많은 고갯길 얘기들도 이제는 남의 일인 듯 흔들려도 흔들리지 않아
그저 아들, 손자, 손녀 도란대는 풍경이나 기쁘게 바라보며
속바지 깊이 감추어둔 담배나 한 대참 피워 문다

어느 여름 밤 깊은 폭풍우, 번개 끝 조용한 불꽃으로 날아올라
맑은 아침이면 수막새 얼굴 되어 넓은 그늘로 남는다

누구일까

골목 담벼락 밑
화단 돌 틈 아래
노오란 꽃단추
토옥톡 흘리고 간

조그만 물감통 흔들어
빈 나뭇가지 마다
환한 꽃물
점점점 찍어놓은

아무도 찾아오지 않는
저 빈 집 마당가
주인보다 먼저 와
매화향기 흩뿌리는

삶

달고

쓰고

시고

짜고

맵고

거기다

때때로

떫기까지

어떤 한 잎

창문 타고 올라온 줄기 끝에서 꽃이 피어났다
처음에는 무심코 가지를 밀쳤는데
그 사이 또 다시 밀고 올라왔다
세상에 하찮다 여긴 많은 것들
선 자리에서 저리 묵묵히 살아내고 있었다
거기 있다는 것만으로도 지구 한 모퉁이가
해처럼 환해지는 것을

작은 꽃 한 송이 별이 된 순간

그 한 잎으로 온통 물드는 세상

보리똥

철 모르는 아이
아비 잃고
오가는 학교길

까치발로 닿아
입 안 가득
붉은 열매

오물오물
꼬옥꼭
퉤에에

집 없는 달팽이

애초부터 영원히 가지는 집이란
단 한 채도 없다
노상 젖은 몸으로 비밀스런 꿈을 꾸며
한 생(生)을 산에서 살아보려 한다

가끔씩 들리는 사람의 발소리
인적 끊긴 유월의 밤
개울물에 몸 담그고
별 하나씩 세면
저 눈물 같은 세월도
스르르 사라진다

영화식당

두 쪽으로 금이 간 빨간 플라스틱 의자에 앉아
바람 속을 구르는 나뭇잎들의 자전거 바퀴소리를 듣는다
취객의 오줌발처럼 굵고 시원한 빗줄기
길 건너 영화식당 유리문 안으로 점점이 밀려오면
아줌마에게 맡긴 내 몫의 외상 장부 들여다본다
얼마나 빚지고 살았을까

산등성이마다 노오란 빛깔의 돌멩이들 함께 손잡고 구르며
아 야, 소리 한 번 못 지른다

검고, 붉고 새하얀 얼굴들이 허름한 저마다의
꽃자리, 꽃자리에 앉아 세상을 본다
버스 종점을 지나가며 몇몇은 3차로 떠나는데
삶이 거듭 영화로울 수 있을까

삐그덕 거리는 영화식당 유리문을 뒤로 하고
버스에 앉아서도 자꾸만 꺼억꺼억 트림을 한다

불구부정(不垢不淨)

알맞게 익은 열무김치로 허기진 점심을 허겁지겁
아,
젓가락 끝에 걸린 이놈은 대체

가느다랗고 검은 몸뚱이 속이 다 들여다보인 채
내 삶의 식판 한 가운데 버젓이 누웠구나
울컥 속엣 것 다 쏟아놓고 싶어

죽어서도 너는 참 맑은 몸으로 누웠거늘
뱃속에 온갖 것을 다 채운 채
오늘도 마냥 깨끗한 척을

운주사 3
– 드러누운 세계

올 수 있느냐 물었던가
사실 난 너의 그 말을 여지껏 기다리다,
발부리가 굳어 숨소리만 간신히 남아 있을 뿐이다
세상은 오래 정돈되지 않았고
나 또한 흩어져 왔다

그러나 이제 숨소리로 다시 일어서련다

자, 보라

흩어진 아침 햇살이 바퀴처럼 굴러가선

등 굽은 어깨를 조이고 뼈 속까지 이내 뜨근거린다

세상이 잠시 휘청거린다고

이 세계가 잠들지는 않는다

누워서도 세상의 별은 빛나고

거꾸로 가는 걸음 속에도

바람이 놓친 꽃들이 피어나고 있다

흩어지지 않는 꽃잎

젖을 물리며
– 아기에게 2

심장 가장 가까운 곳에서
아무런 근심 걱정 없이 잠을 자며,
꿈을 꾸듯 출렁이는 생명, 너를 본다
내 살과 뼈로 너의 살과 뼈를 이루고
내 손톱, 발톱으로 너의 어여쁜 손톱, 발톱을 짓는다
우수수 빠지는 머리칼로 다북한 네 머릿결을 만들고,
봇물처럼 꿀떡꿀떡 흘러 너에게로 가는 실핏줄을 잇는다

욕심 없이 온몸으로 풀무질 하는 너
젖을 물리며 나는 속살이 차오른다

눈 맞추기
– 아기에게 3

네 맑은 눈동자가 날 가만히 바라본다
몇 날이 지난 후에야 네 앞에 보여지는 나
한 때 따뜻한 둥우리였음을 잠시라도 기억하는지,
반짝이는 눈망울과 끊임없는 옹알이 속에서
이제야 따뜻한 언어를 배운다
처음에는 말도 아닌 것들이 두둥실 떠올라
어느덧 사랑의 노래가 되는 것을

• • •
스미거라

아무 얘기하지 말지어다
병풍폭포 너머 아래 세상은 병풍 치거라
징그럽게 마음 끝까지 따라 붙던 오래된 슬픔 따윈
흐르는 물살에 맡겨만 두라

물푸레나무 줄기 속을 헤엄쳐 온
그 서러운 빛깔 계곡에 쏟아놓고,
때로 그대 때문에 행복했던 날들보다
그대 때문에 우는 날이 더 많았다 말하지 말라

구비구비 휘도는 물살에 구르는 돌멩이처럼
아래로만, 아래로만 흐를지언정
마셔도 취하지 못하는 마음 갖고도 말하지 말라

어둠 내리는 강천사 비구니 낭랑한 독경소리
산에 깃든 온갖 살아있는 것들 편히 잠을 청하고
또 다른 슬픔처럼, 노래처럼 적셔오는 물소리

찾습니다

이름: 권주가

나이: 49세

주소: 전주시 반월동 암실 마을

특징: 목 부근에 흉터 자국, 슬리퍼 착용

1월 29일 8시경 동산동 행운슈퍼에서 친구와 헤어짐

사라져 버린 그의 시간들
지금 어느 지층으로 퇴적되고 있을까
불운의 슈퍼에서 마신 몇 잔의 술
날카로운 자동차 바퀴소리 뒤로
홀연히 떠나고 싶었던 그의 생애가
실종사진첩 위로 떠오른다

마지막 한 잔 하던 행운슈퍼마저 닫히고
그의 발자취는 더욱 미궁으로 빠져들어
찾습니다 라는 전단지들만이 골목을 펄럭일 때
남은 이들 이승의 잔 위에 또 한 잔을 권한다

양배추를 썰며

이 알 수 없는
삶의 질곡
운명도 숙명도 아닌
그러나 낱낱의 슬픔

꼬꾸라지고 엎어진 채
서로 부둥켜안은
왜곡된 해석과 설명

그 한 덩이의 차가운 마침표를
끊임없이 썰어댄다

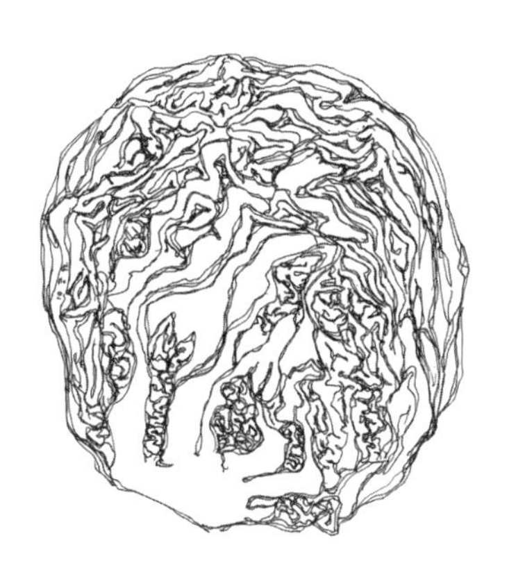

페퍼라이트
– 세상에서 가장 아름다운 돌

돌이라 하기에는 숨긴 그리움이 너무 많았는지
뜨거운 마그마를 만나 불타는 격정으로 끓다
이렇게라도 하지 않으면 영원히 만날 수 없을 것 같던
너와 내가 섞이고 또 섞이게 되었다

부안 적벽강 해안에서 만난 너와 나
내 마음의 울퉁불퉁함과 네 마음의 이지러짐조차
서로 빚어지고 어우러지니 붉은 빛 도는 페퍼라이트*
를 낳았다

살면서 감추고, 숨겨 두었던 열정들
온 몸으로 알아주는 이를 만나
용암처럼 밀려오는 그의 가슴을
그냥 그렇게 맞이할 수밖에 없었다
어쩌면 그런 너를 오래도록
나도 모르게 기다리고 있었는지 모른다

살면서 우리는 페퍼라이트 같은 운명을
간절하게 기다리고 있는 것인지도

* 페퍼라이트 : 물기가 많고 아직 고화되지 않은 퇴적물에 뜨거운 용암이 급격하게 덮이거나 관입해 들어오면 퇴적물속의 수분이 고열로 인해 급격히 끓어오르면서 수증기의 폭발이 일어나 이질적인 두 물질(퇴적암+ 용암)을 뒤섞어 놓이게 된다. 페퍼라이트는 이 과정에서 용암과 퇴적물의 불규칙한 덩어리들이 함께 굳어지면서 만들어진 력암과 비슷한 퇴적암을 말함.(지오뱅크, 한국지리정보회 제공)

2부

차마 그 강을 건너기나 했을까

생선가게 이씨

물기 마를 날 없이 닳고 닳아버린 나무도마 위에
비늘 벗겨 꼬리를 자르고 내장을 긁어내
알맞게 소금을 송송 뿌리는 솜씨란
한 두 해 만져 본 손놀림이 아니다
세 든 가게 주인 부도나는 바람에 덩달아 부도 맞은 인생
아니 인생 대역전도 그렇지
딸 아이 둘만 남기고 밤이슬 속으로 사라진 아내
입 안 가득 소금 씹으며 이미 생물이 아닌 것들 위에
남은 짠기를 잘도 뱉어낸다
이십년이 지난 이제서야 당신만 허락한다면 돌아온다는 말
또 믿으란 말인가
어차피 녹았다 얼린 고기는 스펀지처럼 퍼석거릴 뿐
그래도 이것들은 입 안 가득 뜨끈한 국물이라도 남기지
초저녁 비가 저리 쏟아지니 그만 포장을 내릴까보다

만경강길 1

산딸나무 하얀 꽃들 별처럼 내려앉아

그늘진 마음마저 절로절로 풀어지는 길

경천, 고산천 물길 따라 와 뿌리까지 맑아져

삼천, 전주천 함께 만나 서해로 향하는

끝없는 물길, 수많은 인연

함께 어우러지고 이어져

드디어 만 가지 시름 내려놓는 길

만경강길 2

나무들 두 손 벌려 깔아놓은 융단
푸른 하늘이 잠시 세를 빌려 주었다
그리하여 나뭇가지 사이로 이따금씩만
하늘빛이 내려오기로 했다

초록뱀 강을 헤엄쳐 잠시 들리고
까치 오종종 내려와 노니는
때로 풀여치 쉬었다 걸어가는

마치 내 길처럼
허락 없이 지나다녔다

참,
미안하다

고구마순 김치

중앙시장 버스 정류장 앞 고구마순 두 바구니
어디선가 들어본 듯한 낮고 웅웅거리는 소리
고구마순 까느라 까맣게 물이 든 손톱이
불쑥 눈 밑을 찌른다
이거 얼마에요? 망 응
한 바구니는요? 오 응 엉
아, 오천원

봉지를 벌리라는 몸짓에 함께 담는다

끊임없이 옹알이하는 그 응과 엉
아주 오래 전 내가 듣던 또 다른 그녀의 목소리
그래, 그랬구나
그녀는 모든 소리들을 동그란 받침으로 빚어내고 있었다
다만 내 귀가 어두워 잘 듣지 못했던 까닭이다

• • •

다시 숲에서

아버지 깊이 잠드신 숲에 앉았다
어느새 키를 넘어선 소나무, 봉두난발 풀가지들
다가가는 길들을 자꾸만 덮어버린다
악착같이 버텨온 세월이 푸르르
베어지는 풀무더기 위로 떨어진다
서른의 그를 길가로 내몰던 세월은
그 습한 기억들 불러 모아
단단한 길과 아늑한 수풀 만들어
누구든 쉬어가도 좋을 편안한 그늘 내려준다
그를 저 산 아래까지 내려놓지 못했던
어린 날의 굽은 손아귀 펴고
적막함 속에 누워본다
따뜻한 바람이 찾아와 집을 짓는다
가슴에 품고 온 술 한 잔 꺼내 올린다

잠든 아이 토닥이며

가을밤

저 강물 위로
초저녁 등불처럼
피어나는 아기별들

암청의 어둠으로 물드는
산 그림자
바람소리에 이따금씩 흔들린다

인간의 마을
깃을 접고 돌아누우면
살았대나 죽었대나
고요하기만 하다

별들의 속삭임 속에
메마른 풀잎들
밤새 뒤척인다

김은이

• • •
앵두나무

열매 열리는 것 보지 못하고 성급히 떠나가 버린
아버지가 심었던 나무
아무것도 모르고 그 붉은 것 한 움큼씩 몰래 먹었다

어머니는 시를 쓰셨다
봄 오고, 꽃 피어 빨간 열매 가득하지만
그 나무 심은 내 님 볼 수 없다고
깊은 탄식 담아 쓴 시 그 시절에는 얕게만 읽어버렸다

점심 먹으러 간 식당 앞, 문득 고개 들어 보니
하,
어머니와 아버지 나란히 매달려
그렁그렁한 눈물처럼 여물어 있었다

말로 다 하기 힘든 그 세월 속 사랑처럼
차마 입 속으로 밀어 넣지 못한 그리운 말들
숨죽이며 자꾸만 객혈처럼 쏟아지고 있었다

2라 140번

무논의 개구리들이 서럽게 울던 날
낮은 언덕 위에 개미처럼 구부러져
청상의 그녀가 밭두렁에 앉아 씨를 뿌린다

양지바른 산모퉁이에 머리 허연 손길이
남편 같던 아들 언덕에 묻고 쑥을 뜯는다

씨 뿌릴 땅 위에 곧추 설 힘조차 없이
쑥 뜯을 봄 아직 이른데 그만 잠이 들었다
쌔근거리는 숨소리도 들리지 않는다

두 손을 가지런히 모은 채 꽃불이 되었다
춥지도 덥지도 않은 기억 속의 땅으로 가고 싶지만
다시 돌아온 곳은 황토빛 작은 단지

• • •

박스 줍는 여인

이른 새벽 골목길
아이처럼 작아진 어깨를 들썩이며
종이 상자와 재생을 기다리는 물건 더미들을
끌고 온 낡은 수레 위에 차곡차곡 쌓는다
다시 저녁 골목길로 들어선다
가게들이 하루 종일 비워낸 수많은 욕망의 껍질들
무심히 접고 포개어 탈 것 위에 얹는다

더 이상 나이 들어 어디서도 받아주지 않던
그녀를 흔쾌히 받아준 이 곳
누구나 풍선처럼 가득한 꿈을 안고 걸어왔지만
뚜껑을 여는 어느 순간 젊음도 사랑도 사그라지고
착착 접혀만가는 납작한 꿈의 조각들

이제서야 마음대로 삶을 접고, 포개며, 실어 나른다

• • •

뜨개질

– 어느 뜨개질 달인

이음새 없는 스웨터 한 벌 훌훌 짓는 천의무봉
운명처럼 날아가 버린 한쪽 다리 대신
야구공을 날리던 손으로 대바늘과 코바늘을 잡는 순간
뜨지 못할 것은 아무 것도 없었다

세상, 너의 속마음도 떠 보려한다

속내를 뜨개질 하는 대신
천만가지 오색 실타래 풀어 절뚝이던 시간을
씨실, 날실 엮어 이 모양, 저 모양으로 조각해 보았다
두 코 뜨고 한 단 넘어가며 한 수 미리 가늠해보아야 했다
가장 정직한 얽기를 시작해 바늘 하나만 갖고도
세상 한 모퉁이를 다 돌아보게 되니
긴 생(生)의 여정도 얼추 다 품게 되었다

뜨지 못할 삶은 없다

하수구 청소

마냥 아무 일 없이 낮은 곳을 흐르던 물소리
뚜껑 열어 젖히고 한 삽, 두 삽
묵은 추억과 낡은 생활의 찌꺼기들 퍼 올려진다
저만한 흔적으로 남기까지 얼마나 오래 참았을까
제 몸이 썩어가는 냄새인 줄 까마득히 몰랐다
아니 알고 싶지 않았던 것이다
상처가 제 몸과 하나 되는 게
그런 썩힘 없이는 이룰 수 없었다
돌아오는 저녁 골목길
웅크린 채 허리 한 번 펴지 못한 그녀의 일생이
하수구 흙더미 밖으로 납작하게 밀려 나와
오래된 그늘처럼 자꾸만 서성이게 한다

가야 고분군

가야시대 생생한 이야기를 담고 있었다 하지만
지금 말무덤에는 파와 고구마들이 누워 있다
전쟁으로 스러져간 오랜 기억들이
속 깊은 상처들을 덮고 먼지가 되었다
그 먼지를 덮던 시간들은 어느 덧 둥그런 산이 되었다
나면 죽고, 죽으면 흔적 없이 사라지는 인간의 역사

전북 남원시 아영면 두락리, 인월면 유곡리
철기문명의 꿈이 묻힌 언덕들의 마을
어린 시절 온갖 토기와 칼과 갑옷이 남긴 전설을 흘려듣고
성내마을, 성안 골짜기를 오고 갔다
갈퀴나무 긁어모았던 봉우리는 장군들의 영혼의 집이었다
무수한 수탈의 기억에도 꿋꿋하게 남은 이야기들은
호남과 영남, 전라도와 경상도의 경계를 넘어
우리들 가슴 속으로 묵묵히 걸어 들어온다

햇살이 슬프다

– 하관

돌무더기 헤치고 밤잠 줄이며 땀방울로 가꾸어 온 땅
사랑하는 당신과 일가(一家)를 이루고,
뒷뜰 앵두 열매처럼 다랑다랑 참 많이도 울고 웃었습니다
아침 이슬에 발목 적시며 깻잎 만지작이던 당신을 먼저 보낸
이 슬픈 언덕마저 물 속에 잠깁니다
나도 모르게 떠나기 싫은지 걸음이 떨어지질 않아
상여소리는 이렇게 느린가 봅니다
당신 추억처럼 맑은 기억들이나 보듬으며,
당신 곁에 어깨동무하듯 누우렵니다
불도저 기계손이 앞집 옆집 흔들어 밀어버리고,
하얀 눈 위에 곱게 찍힌 광석 뒷산 토끼 발자국도 아득히
군불 지피다 나 홀로 바라본 마른하늘의 아련한 흔들림까지
깊이깊이 묻으렵니다, 내 묻힌 땅 속 어느 골짜기보다 더 깊이

그런 어느 날 용담 물들만이 푸르게 흐르고,

당신과 나, 하얀 나비 되어 그 마을을 다시 날아봅시다

발인(發靷)

아버지 돌아가실 적

삼대독자 젊은 아들 문득 손 맞잡다

침 놓고, 약을 지어 사람들 치료해주는 일 업(業)으로 삼았다

육남매 알토란처럼 낳아 기르며,

외방으로 맴돌 때는 가말댁 맘고생도 많았다

징용 갔다 아버지 지극 정성 지리산 기도에

탄광에서 한쪽 눈 빠졌어도 얼른 집어넣고,

바다에 빠져서도 구사일생으로 돌아왔다

이제 그 윤약국 약장문 닫고, 침놓는 일 그만 둔 채
이승의 수레 위에 육남매 끌어다 놓고 빈 몸으로 떠나려 한다
허위허위 때 아닌 눈발들 데려와 마구 상여꽃잎을 적신다

한바탕 매서운 바람 불어 마지막 집이 흔들리고
밤마다 술 취한 그를 맞던 정자나무를 무심히 스쳐간다
차디찬 땅 속으로 스며든 후 그쳐버린 눈발
다시 젊은 윤약국 따라온다
수레를 함부로 굴려서는 안 되니 꼭 이만큼만 천천히 따라 와
매서운 눈발 끝에 오래오래 서 있으라 한다

발산리 오층석탑

봉림사 뜨락 지키며
부챗살 모양의 환한 빛살을 모아다가
꽃댕기 처녀애들의 소원도 들어주고,
아들 낳기 바라는 여인들 소원도 들어주었다
삐그덕거리는 몸으로
간밤에 발산리 초등학교 뒤뜰로 끌려 와
이리저리 짓밟혀 아들은커녕
아들 같은 것 그 꼭지도 낳을 수 없게 되었다
에민 우리 백성들 비명소리, 우라질 목숨 후려치는 소리에
늙어가는 몸, 살과 뼈가 다 발라져간다
바람이 되어 나르는 저 가엾은 넋들
이 밤도 혼불로 헤매이다 쇠잔한 어깨 끝에 기댄다
그나마 내 곁에 누워 잠시라도 쉬었다 가길

꽃으로만 돌아오다

그 때가 어느 때였는지 기억은 안개 속인데
나는 씨름꾼, 아우는 과수원 일꾼으로
소학교 선생 따라 가던 길이 처음이자 마지막 길이었다

아버지, 어머니도 흙이 되고
형, 동생들도 모두 떠나갔다
죽기 전 한 번만이라도 만나자 했다
문득 몇 년 전 전화가 걸려 왔지만
단 한마디도 나누질 못했다
그 사이 우리말을 잊어버렸나 보다

오는 것 보고 가려
마을이 용담 물길 속으로 잠겨들 때까지
숨을 놓지 못하고 있었지만
이젠 안 되겠다, 나 먼저 가야겠다

나 떠난 후 네가 보낸 꽃만
사진 옆에 바구니로 앉았다

꽃잎 속에 담겨 얼마나 오고 싶었을까

아우야,

무덤 속에서조차 핏줄이 쓰라리다

물자라

물살 헤쳐가는 물자라 등에는
하얀 알꽃이 피어 있다
어미가 몸을 풀어 하나씩 부려놓은 아픔들
아비도 온 몸으로 떠받치고 있다

때로 진주와 밥알과 눈물이 되기도 하는
어미가 낳아놓은 것들
아비가 죽을 둥 살 둥 지키고 있다

오래 전 강물 건너가 버린 내 아비
저리 힘겨운 걸음으로
두고 간 자식들 업은 채
저승강까지 다다랐을까

차마 그 강을 건너기나 했을까

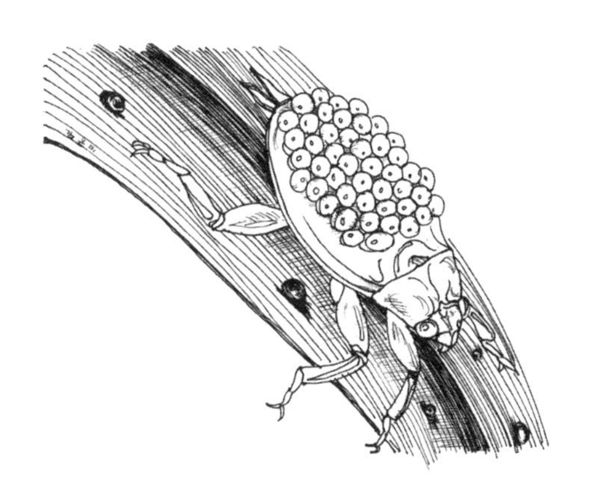

마늘반지

그때 어머니도 저렇게 앉아
아리기만 한 하루하루를 손톱 끝 진물 일으키며
바구니에 하나씩 누이고 있었다

삶의 빛깔 서러움 짙은 오동도 동백 보러 갔다
길바닥에 앉아있는 보석 한 점 박히지 않은
작은 반지를 샀다

마늘 깔 어머니도 안 계시는데
마늘액보다 더 맵고 아프기만 했던 생(生)을
이 세상 어느 보석보다 빛나게 얹어
가슴 속에 끼웠다

어머니 반지

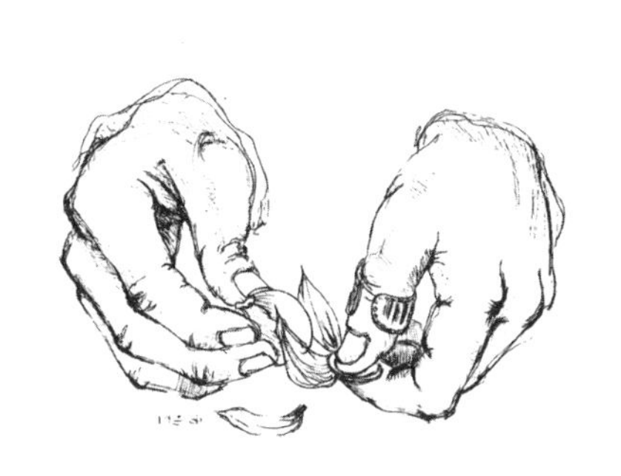

탱자 울타리

봄마다 하얀 탱자꽃 피어난다
담벼락에 붙은 그 애 방 쪽문에는 거미줄만 서리서리

울 아버지 산소 가는 길에 잘도 보이는 마루
하루 두 번 꼭 맞는 태평한 시계가 걸렸다
아직도 깊은 밤 세 시인지, 나른한 오후 세 시인지

갑숙아, 하고 부르면 부끄럼 많은 네가
문 빼꼼히 열고 내다볼 것만 같은데
부산 어디로 갔다는 그 애
이제 부산말을 쓰는 아지매가 되었을까

일 년에 몇 번 그 집 앞을 지난다
돌돌 말린 멍석, 녹슨 자전거에도
잘 있었는지 눈길 한 번 더 준다

가을에도 노오란 탱자열매는 당글당글

피노리

— 전봉준이 붙잡힌

주막 평상에 모여 앉아 물맛 좋은 이 집의 막걸리나
꼭 한 사발 마시고 싶다
지치고 피곤한 어깨 너머 한숨처럼 풀려 떠도는 세상사
그 때의 하늘이나 지금의 하늘이나 구름은 유유히 흘러
가는데
옛사람들은 가고 없다
백년의 어느 날 그들이 남긴 수수께끼와
주모의 걸쭉한 입담도 영영 들리지 않는다
깊은 고요의 우물엔 능소화 꽃잎 두어 장
물맛은 슬프게도 맑아온다

짐승처럼 몰려왔다 돌아가건만
낯선 이 집에는 누가 살고 있는가

• • •

개남장
– 지금실에서

정처 없이 떠돌며 어느 골짜기 맴돌고 있을까
바람이 데려가는 곳에 흩어져 있을까
머리는 먼 데 하늘 보며 가슴은 어디에 두었을까
손과 발은 병사들과 달리던 전투장에 남겨두었을까

대추나무 그늘 밑에 가린 생가터 낮은 빗돌
그 희미한 글씨 머리 숙여 더듬어 본다
들깻잎향이 기이하게 코 속을 파고든다

갑오년이 다시 돌아오는가
불어오는 바람은 언제나 차갑다
땅 위에 머무는 이들의 지친 한숨소리 절로 깊어간다

동진강 따라가다 지금실에 들린다
개남장 불러보는 이름이 자꾸만 목에 걸린다

* 개남장 : 김개남 장군의 애칭

동록개의 꿈
– 김제 원평 집강소에서

한날 미천한 자의 꿈이라 생각했는가

사람 위에 더 큰 사람 없고
사람 아래 더 작은 사람 없나니
그들 입맛 다시는 고기 손질할지언정
단 한 점도 허락되지 않는 자유를 두고
더 이상 동록개라 부르지 마라

저마다의 가슴에 숨어 피는 붉은 꽃
제 모양대로 마음껏 피고 지며 살겠다는 것을
고작 헛된 소망이라 말하지 마라
간절하게 삶이 피워내는 꽃송이
두 번은 꺾지 말아다오

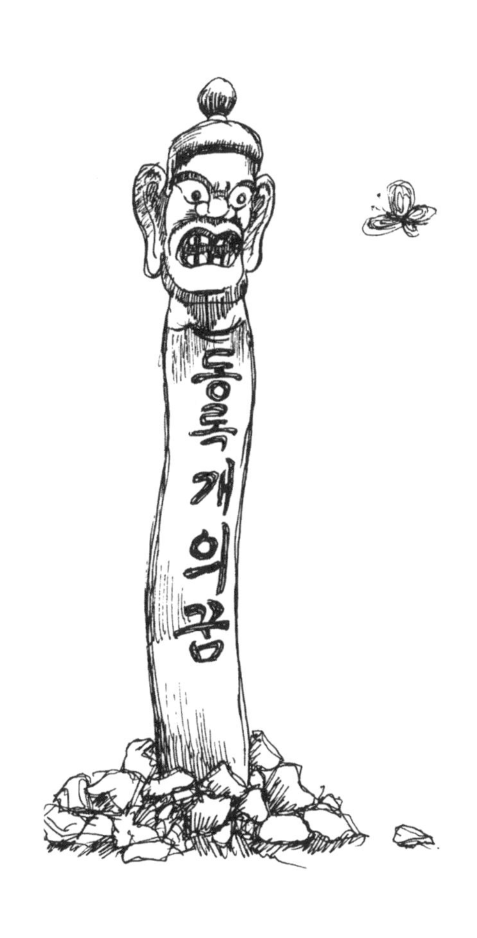
동록개의 꿈

3부

반짝이는 너

소금이 온다

서해 흐르던 물길 따라 들어 와
짜고 때때로 쓰디 쓴 인생의 고락(苦樂) 담아 반짝거린다
드넓은 하얀 밭이 갈수록 낮아지는 이치를 일러주며
바람과 햇살 속에서 희디흰 꽃을 피워낸다
딱 그 온도라야 얻을 수 있다는 달디 단 그 맛
정도를 벗어난 쓰디 쓴 쭉정이들은
다시 온 곳으로 되돌려진다
더 많은 욕심으로 물을 섞고 농도를 바꿔치는 얍삽함
애초부터 곰소에서는 당치 않은 법
깊고, 절절하게, 담담하고, 낮게
세상 절이는 진짜 같은 맛이 된다
그제서야
비로소 소금이 온다

반계서당을 오르다

삼백여 년 전 이 곳 우반동 골짜기 지나
발 아래 곰소만을 굽어보던 반계의 꿈은 무엇이었나
숲길 지나 위대한 사상과 만나러 가는 길
참으로 소박하기만 하다
소금바람 불어오는 농토 부여잡고
해도 해도 풀리지 않는 가난의 질곡들 앞에서
땅과 함께 하는 이들은 죽도록 풀뿌리를 면치 못하고
그렇게 그의 사상을 뛰어넘지 못한 것일까

간절한 마음 담아 쓴 이십여 년의 수록
성호와 다산으로 이어지는 거대한 정신적 유산들은
말없이 산등성이 서당 마루 끝에 닿아 있다

오롯이 그가 꿈꾸던 세상 어디에 두고
여기 빈 몸의 흔적으로 남아
이 길 오르는 이들의 헛헛한 가슴 속으로
삼백년 전의 바람소리만 서늘하게 되돌려 주고 있다

진도(珍島)에서 진도(進度)를 꿈꾸며

꿈도 사랑도 미래도
바다에 잠겼다
곤두박질 당했다

시간은 마치 무거운 돌덩이를 매단 듯
흐르지 못하고 멈추어 버렸다
그리고 아무도 돌아오지 않았다
노란 리본만 흔들린다
여전히 진도를 나서지 못하고 있다

미안하다는 말, 사랑한다는 말도
딱 목에 걸려 하염없이 잠겨버린다

멈추어 버린 애닯은 시간

아직도 하세월

손

쓰고, 잡고, 비비고, 주고
대고, 타고, 내밀고, 꼽고, 털고

'을' 이라는 글자 하나 넣어보니
그 작은 이가 하는 일들,
참 힘이 세다

거칠고, 맵고, 가고,
닿고, 딸리고, 맞고

'이'라는 글자 하나 넣어보니
그 작은 이가 하는 일들,
참 많기도 하다

동음이의어의 숨겨진 금맥 찾아
말의 숲을 이리저리 거닐어 보며
따뜻하기도 하고 차갑기도 한
언어의 손잡이를 당겨본다

말(言) 무덤*

형체 없는 소리가 허공에 놓아지면
어느새 덩치 큰 말(馬)이 되어 온 세상을 휘몰아댄다
생각이 쏟아놓은 짧은 울림 하나
너를 들었다 놓았다 하고, 나를 내리 꽂기도 한다
소리 없는 벌레가 벽을 뚫는다 말 했던가
손도 발도 없는 무성한 말(言)의 덤불이 온 세상을 뒤덮기 전
이 자그만 언덕 아래 가만히 묻어두고
말(言)의 뿌리에서 고운 향들이 모락모락 피어나게 한다
소리 없이 핀 꽃이지만 세상을 채우기에는 차고 넘친다

* 말(言) 무덤 : 언총, 400~500년 전 만들어짐. 경북 예천 지보면 대죽리 소재.

견인차 보관소

한 때 편안함으로 우리를 길들이던 것들

이제는 버려져 요양병원 침상에 드러누운 채
제 힘으로는 아무데도 찾아갈 수 없다
이름표도 찌그러지고
먼지만 더께처럼 쌓여간다
누구에게나 보석처럼 찬란했던 시간 없었을까
모퉁이에 핀 들꽃 하나에도 반짝 눈길이 가는 것을
하물며 수많은 세월 지나 또 다른 보석 갈고 닦느라
눈덩이 같은 체납에 이미 살아온 시간들은 잊혀지고
지불할 영수액만 산더미처럼 쌓여간다

언제쯤 번호판 잃어버린 자동차 같은
시동 걸리지 않는 인생들을 데려갈까

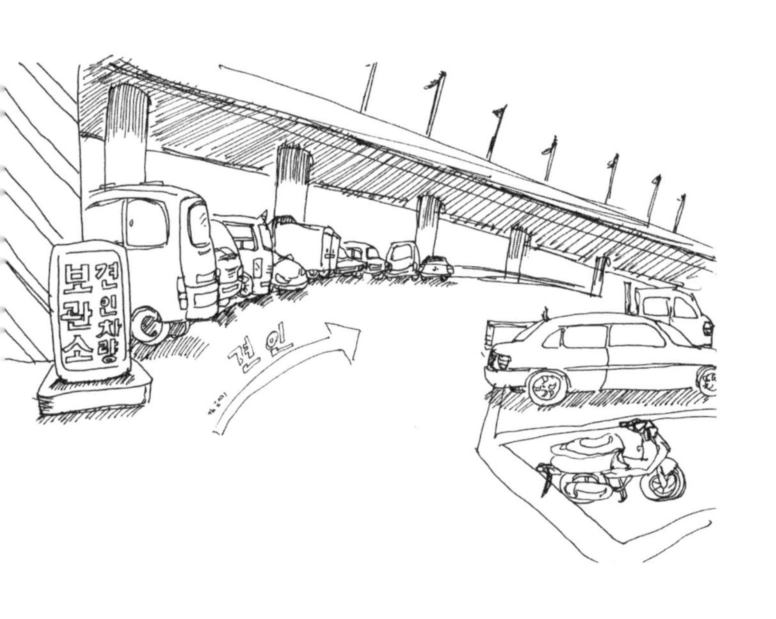
견인차량
보관소
견인

섬

피어나는 꽃잎 하나 허투루 보이지 않았던 날이다
생각이 마냥 그대 곁에 기울어 구름도, 하늘도 내 편이라 여겼다
귓속의 주파수는 오로지 한 곳만을 향하고 있었다
그대와 영원히 이어졌다 생각한 순간이었다

기댈 곳, 숨을 그늘 하나 없다
망망한 물결 한가운데 앉아 있다
뭍으로 가는 길들이 모두 잠겼다
오롯이 저 뜨거운 태양과 날아오는 물떼새들만이 전부다
그대가 내 곁에서 사라진 날이다

끊임없이 말을 걸어오던 내 안의 숲길과
오래 방치한 심장을 제자리에 돌려 놓아야겠다
거기 깃들어 사는 원주민들의 노래가 처음으로 들려왔다
마음들의 집, 그 주인이 되어 다시 살아갈 것이다

포쇄(曝曬)

꼭 오백년을 넘은 왕조의 숨은 이야기가 아닐지라도
누군가 골목 끝 어느 담장 기왓돌 밑에
남몰래 숨겨둔 연서 한 장 같은 우리 생애 두근거림들과
그 납작하게 눌린 시간의 압화들을 한곳에 모아
바람 좋은 날 보란 듯이 펼쳐, 볕 맑은 기운 골고루 쐬어 주며
행여라도 행간 어디에 숨었을 이끼 같은 벌레들을 날려 버린다

아픈 것도 그리운 것도 모두 함께 후후 불어내고 나면
다시 청청한 얼굴 되어 침묵의 시간 속으로 즐거이 칩거 한다

* 포쇄: 젖거나 축축한 것을 바람을 쐬고 볕에 바램. 책이나 옷 따위를 볕에 쪼이고 바람에 쐬는 일. 줄여서 포쇄(曝曬)라고도 하며, 바람을 쐰다 하여 거풍(擧風)이라고도 함.

빌딩 위의 남자

연극배우였던 그가
곤돌라에 올라
63빌딩을 문지른다

언제 떨어질지 모르는
아득한 공포감 속에서
왕복 두 시간씩
그의 인생을 연기하듯
유리창을 수천 번 닦아 낸다

무섭지 않느냐는 물음에
공포감보다 더 무서운 것은
돈이라고

천사 유품정리

소중한 삶이 깃든 고인의 유품을 유족의 마음으로 소중히 정리해 드립니다

생전에도 가진 것 별로 없던

그가 남긴 것들 정리하러 방문 열어보니

아끼려다 정말로 입지 못한 옷들, 덮지 못한 이불들

오도카니 앉아있다

떠나는 그에겐 이조차 부질없는 허물이었을까

정리하지 못한 짐들 더 큰 마음의 족쇄 되어 화물처럼 남겨졌다

유품정리 차가 지나간다

차마 버리지 못한 마음을 대신 치워주길

또한 대신 그를 깨끗하게 잊어주길

냉장고

무조건 넣어 두면
오래 가리라 믿었다
언제 두었는지 모를 온갖 욕심들
곰팡이 꽃을 피워내고
마침내 시들어 가는 동안에도
완전하게 얼린다면 가장 온전하게
머물 것이라 믿었다
무엇이 담겼는지 기억조차 못한 채
갖가지 욕망들 서로 뒤엉켜
잠들어 버렸다
힘껏 문을 열고
살아있는 듯한 그 얼굴들
찬찬히 꺼내보자

켜켜이 쌓여 굳어버린 상념들

• • •

갠지스강가에서

바라나시 갠지스강가에 이르면
빈 동굴 같은 고성들이 즐비하다
오랜 옛날 왕들도 머물고 싶었던 성스러운 강가강
저녁 제의 한창인 화려한 언덕
끝도 없이 이어지는 산스크리트어들의 낯선 비행
푸드득 거리며 타다 만 검은 장작개비 육신들
어느 왕인들 저 마지막을 스스로 볼 수 있었을까
강물에 누워 그의 마지막을 씻기 울 때
살았을 때 그가 지녔던 모든 슬픔들도 곱게 씻겨 갔을까

다시 새벽 강에 이르렀을 때
아침의 태양이 어김없이 떠오른다
하얀 갈매기들의 부지런한 날갯짓처럼
이별의 불꽃들이 끊임없이 타오른다
한 줌 재로 남는다는 우리의 마지막은
왕들이 머물던 고성에도, 구걸하는 여인의 냄비에도
똑같이 먼지처럼 가볍기만 하다

아직도 여전히 타닥거리는 이승

경로를 재탐색

지도에도 없는 생(生)들이 날마다 생겨난다
앞서가는 시간을 따라잡지 못하고 자꾸만 곁으로 달려간다
어김없이 들려오는 경로를 재탐색합니다

훤히 아는 길이라 믿고 우듬지 끝까지 달리지만
나무초리 끝에 매달려 되돌아온다
그 모퉁이 너머 놓칠 뻔한 꽃과 새와 나무가 가득한 보물섬
얼마나 아름다운 곳이라는 걸 누구도 알려주지 않는다
다시 경로를 재탐색합니다

없는 길도 만들어 가다보면 어느새 나의 생(生)이 되기도 하고
또 너의 운명이 되기도 한다
습관처럼 같은 쪽을 달려가는 우리들의 일상
무심히 가는 방향 되돌아보게 하는 경고음들
다시 새롭게 생각하게 만드는 저 집요한 채근

당신의 인생을 재탐색합니다

양파

누구나 처음부터 단단했던 건 아니라 말해준다
실오리 같은 마음 한줄기 제법 손가락 마디처럼 굵어졌다고
거기서 멈출 수는 없다고 한다
밖으로 한없이 솟구치고만 싶은 거추장스런 옷들은 놓아두고
그 때부터 혼자만의 시간을 시작해보라 한다
하얀 알몸의 속내들이 언뜻언뜻 보여지더라도
성급하게 일어서지는 않겠다고 한다
그대 안의 또 다른 그대가 동글동글 말아지면서
뜨거운 태양이라든지 쏟아지는 폭우라든지
속살을 파헤치는 낯선 벌레라든지
모두 즐거이 느껴보겠다 한다
저절로 꽉 차 맵지만 단 향기 풍기는
어디든 구를 수 있는 작은 지구 하나 되기까지
야무지게 누워 꿈꾸겠다 한다

반짝반짝

처마 끝에서 톡 하고 떨어지기도 한다
때로는 이른 아침 풀잎 위에 맺혀 있다
혹은 강변 모래밭 속에 스며있다

세상을 어둡지 않게 물들이는
그 가득한 눈부심들

숨어 빛나는 것들이 더 많다

잠시 반짝하는 것들과 오래 반짝이는 것들의
숨겨진 거리는 얼마 만큼일까

완전히 어두워져 달마저 길을 잃은 밤

저 혼자 빛을 일으켜 천천히 숲을 지키는 애반디벌레

비로소 내 안의 창문 열고 자그만 등불을 따라 켜 본다

어둠 사르는 부싯돌을 꽁무니에 매달고 날으는 반딧불이처럼

길섶과 하나 되는 날부터 홀로 있는 날들을 두려워하지 않는다

반짝인다고 다 빛나는 것은 아니다

거미줄

이슬 머금은 수천의 거미줄들 나뭇가지 사이로 구슬을 굴려 놓는다
바람 속에서 절벽을 건너며 몸 속의 꿈실을 물레질 하듯 쏟아낸다
강철보다 단단한 촉수들로 하여금 생(生)의 철로를 놓는다
철로를 따라 가다 잠시 쉬기도 하는 찰나에
무지개를 낚고, 별의 씨앗을 줍는다
강바람이 자꾸만 매섭게 몰아쳐도 좀처럼 뒤집히지 않는 끈끈함으로
누군가의 말 한마디에 자주 찢어지던 투명 우산이 두꺼워진다

묵묵한 기다림이 갑옷처럼 딴딴해진다

다시 바람 앞에 선다

하늘 향한 디딤돌이 되어 수천 개의 사다리를 놓는다

허물어지더라도 집짓기를 멈추지 않는다

보이지 않는 길이라 해도 찬찬히 들여다보면

손금 속의 무수한 강줄기처럼 꿈의 빨판들이 늘어가고 있다

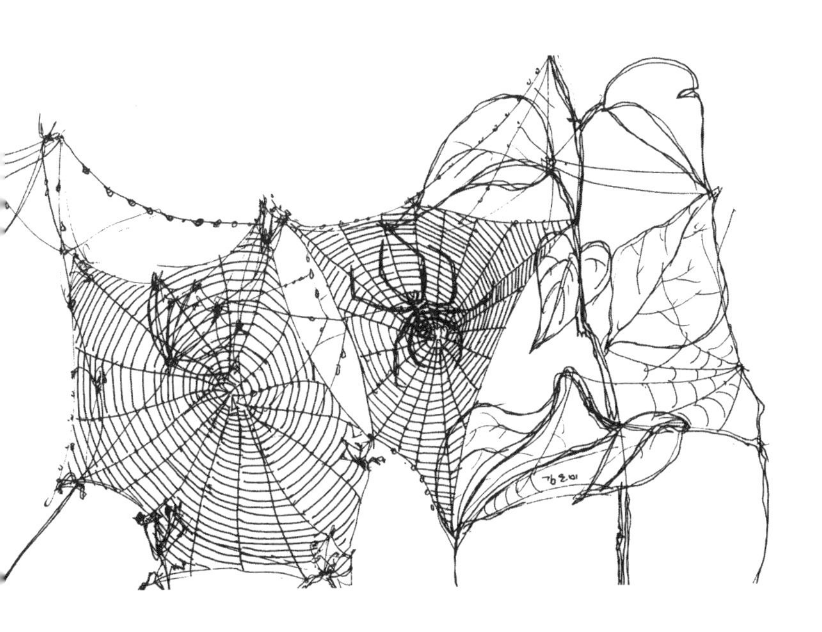

인생 부동산

교동 골목 사철나무 한 그루 짙푸른 집
나무판자 위에 인생 부동산이라 쓰여 있다
송곳 같은 육신 바람 부는 날의 휘청거림을 피해
사글세방 같은 그 길을 찾아 나섰다
잠에서 깨면 늘 위태로이 흔들리는 그러나 정말로 꿈꿀 수 있는
사랑하는 나의 인생을 계약할 수 있을까
언제나 영구임대뿐인 한 채의 집을 위해
월세, 전세, 반전세 참으로 다양한 이름으로 전전하다가
술술 풀리는 화장지 몇 통 선물 받고
하얀 가루비누의 무지갯빛 몽글거리는 거품을 휘저으며
또 다른 나를 계약한다

오늘 하루만이라도 내몰지 않고 편히 잠들 수 있는
내 이름 적힌 종이 한 장 접어들며 잔금 치를 시간 헤아려 본다
늘 반쯤만 걸쳐 있는 이 불완전한 행복도
그 순간만큼은 완전한 기쁨이 된다

편히 빌려 쓸 수 있는 거래를 성사시켜 준
부동산 골목을 가뿐하게 걸어본다

소금쟁이

저마다 등허리에 소금가마니 한 짐씩 지고 가듯
풀어야 할 숙제들이 있다
이 세상 살아가며 늘 달콤한 날만 가득할 거라
처음부터 기대하지 않는다
때때로 썩지 않고 강물 위를 달리기 위해서는
짜디 짠 맛도 필요했을 것이다
행여 무거운 보퉁이 지고 물에 빠지는 날
한 덩이 소금이 사그리 녹아버리고 나면
그때서야 참으로
물 위를 걷는 자유를 얻는다

어둠 속으로

강변 따라 핀 봄소식들 어느새 지고
화사한 언덕길 내려와 희미한 기억의 지도를 더듬어 간다
문득 걸어가는 길이 아릿하다
꽃들이 진 자리마다 잎들이 푸르게 자란다
졌다고 그들의 꿈까지 사라진 건 아니다
고요한 맺음의 순간을 맞기 위해
환하던 날개 접고 입적의 순간에 든다
다시 피어나기 위해 제 스스로 어둠 속으로 스며드는 중이다
깜깜함 속에 오래 머물러 있을수록, 깊이 잠겨 있을수록
그 저릿한 담금질은 오히려 힘이 된다

그대의 빛을 비추려면 어둠 속으로 들어가야 하는 것을*

* 데비포드 '그림자 그리고' 중에서

해우소

버릴 것 버린 후
홀가분한 우주와
만나는 순간

거미줄에 묶인
파리 한 마리
옴짝달싹 못하며
끈끈이액에 휘감겨
늪처럼 잦아드는 목숨

버릴 것 버렸다
믿는 일조차
삶의 그물코에 걸린
익숙한 변명

사무사思無邪의 궁극을 찾아 가는 자기구원의 시학

복효근(시인)

시를 거울에 비유하는 데에 동의한다. 시는 자아의 내면을 비춰보는 거울로써 매우 유용하게 쓰인다. 이는 시를 쓰는 이에게도 시를 읽는 이에게도 마찬가지이다. 시를 통해 자신을 비춰본다는 견해는 고전적인 시의 효용성에 바탕을 둔 것이다. 이는 공자가 『논어』「위정편」에서 밝혔던 "시 삼백 일언이 폐지 왈 사무사 詩三百一言以蔽之曰思無邪"라 했던 맥락에도 닿아있다. 여기에 근거해서 우리 선조들은 인간으로서의 여러 덕목을 닦는 작업의 맨 첫 자리에 시를 두었다.

이러한 효용성을 전제로 한 시론은 낡은 것으로 여겨져 요즘은 한쪽으로 밀려나 있는 듯이 보이기도 하다. 아예 시의 효용성을 부정하는 시론도 어렵지 않게 찾아볼 수 있다. 서구의 미학에 근거를 두고 포스트모던이니 해체시니 혹은 미래파시니 하면서 다양한 시론이 명멸하고 그 만큼 다양한 시가 쓰이고 있다. 이러한 시론은 거울로

서의 시의 역할을 부정하거나 무시하면서 또 다른 차원의 미학을 제공하고 있다. 일견 새롭게 보이고 주류를 이룬 듯 보이기도 하는 실정이다.

그럼에도 불구하고 자아를 시의 거울에 비춰보는 작업은 시의 역사만큼이나 오래되었으며 여전히 큰 흐름을 견지하고 있음을 부정할 수 없다. 자아를 시라는 거울에 비춰본다는 것은 그렇게 말처럼 단순하지 않다. 자신의 내면을 비추어보면서 정체성을 찾아가고 사상과 인생관을 시로써 형상화하는 이 작업은 자신은 물론 자신을 둘러싼 인간관계, 사회와 나아가 자연과 우주 속에서 의미를 찾아가는 일로써 세계를 인식하는 매우 중요하고 폭넓은 개념이기 때문이다.

김선우는 자신의 삶을 비추는 작업으로 시를 쓰고 있다. 그가 걸어온 길은 어떠했는지 그 자신이 어느 시간과 공간에 위치하고 있는지 어떤 미래를 지향하고 있는지 시 속에 그의 삶과 정신의 지형도가 압축적으로 그려져 있다. 그는 삶이란 무엇이고 또한 어떻게 살아야 하는지를 시를 통하여 꾸준히 묻고 또한 그에 대한 답을 시를 통하여 찾아가고 있다. 시가 삶에 대해 무엇인가 답을 일러줄 수 있으리라는 강렬한 믿음이 바탕이 되고 있는 것이다.

피어나는 꽃잎 하나 허투루 보이지 않았던 날이다

생각이 마냥 그대 곁에 기울어 구름도, 하늘도 내 편이라 여겼다
귓속의 주파수는 오로지 한 곳만을 향하고 있었다
그대와 영원히 이어졌다 생각한 순간이었다

기댈 곳, 숨을 그늘 하나 없다
망망한 물결 한가운데 앉아 있다
뭍으로 가는 길들이 모두 잠겼다
오롯이 저 뜨거운 태양과 날아오는 물떼새들만이 전부다
그대가 내 곁에서 사라진 날이다

끊임없이 말을 걸어오던 내 안의 숲길과
오래 방치한 심장을 제자리에 돌려놓아야겠다
거기 깃들어 사는 원주민들의 노래가 처음으로 들려왔다
마음들의 집, 그 주인이 되어 다시 살아갈 것이다

—「섬」

누구에겐가 무엇에겐가 의지하며 살아온 삶의 방식에서 시인은 갑작스러운 고립에 처하게 된다. 마치 망망한 물결 한가운데 앉아 있는 듯 한 고립감과 고독감을 겪어내야 하는 순간이 왔다. 이는 김선우 시인만이 겪는 정신적, 정서적 경험은 아닐 것이다. 누구나가 한 번쯤은 '인생 결국 혼자야.'하는 순간을 겪는다. 그 막막함 앞에서

인간은 할 말을 잃게 된다. 사랑하던 사람과의 연대가 끊어진 순간이 바로 그런 순간이 아닐까. 사람들은 이러한 순간에 절망을 경험하게 되고 깊은 나락 속에서 헤매기도 한다. 이 시는 바로 그런 순간 '이제 어떻게 살지?'하는 물음에 대한 답을 찾는 방식으로 이루어져 있다. 시가 필요한 대목이 바로 이 순간이다. 시라는 거울에 스스로를 비춰보는 것이다. 시인은 시를 쓰고 그가 처한 상황을 비유로써 포착한다. 그것이 '섬'이다. 나라는 존재는, 나뿐 아니라 모든 생명체는 망망대해의 섬처럼 던져진 고독한 단독자라는 것을 깨닫는다. 그리고 시인은 스스로가 스스로의 주인임을 발견하는 것이다. 의존적 삶이 유지되고 있는 한은 해보지 못했던 질문을 하게 되고 삶의 주인으로 다시 태어나는 것이다. 비로소 "마음의 집"에 도착한 것이다.

이처럼 주체적인 존재로서의 자아인식은 시의 곳곳에 나타난다.

(전략) ……

완전히 어두워져 달마저 길을 잃은 밤

저 혼자 빛을 일으켜 천천히 숲을 지키는 애반디벌레

비로소 내 안의 창문 열고 자그만 등불을 따라 켜 본다

어둠 사르는 부싯돌을 꽁무니에 매달고 날으는 반딧불이처럼

길섶과 하나 되는 날부터 홀로 있는 날들을 두려워하지
않는다

반짝인다고 다 빛나는 것은 아니다

—「반짝반짝」 부분

애반딧불이에 시적자아를 투사하여 얻은 시다. 완전히 어두워지고 달마저 길을 잃은 캄캄한 삶의 여정에서 그 빛을 스스로의 안에서 발견한다. 시인은 그 누구에 의해서가 아니라 스스로에 의하여 스스로를 규정짓는다. 스스로에게서 존재가치를 발견한 자에게 어둠에 대한 두려움은 없다. 무엇에 기대고 기생하고 의지하여 부지하는 삶이 아니라 스스로가 빛을 찾아내기 때문이다.

그렇다고 시인이 고립을 찬탄하거나 연대를 부정하거나 어차피 인간이 혼자라고 말하는 것은 아니다. 고유한 인간 개체에 대한 존재론적 인식과 그 당위성을 말하고 있는 것으로 보아야 옳다. 스스로가 스스로의 주인이라는 자각 없이 어떻게 다른 주체와 동등한 연대와 조화가 가능하겠는가? 다음 시를 보자.

돌이라 하기에는 숨긴 그리움이 너무 많았는지
뜨거운 마그마를 만나 불타는 격정으로 끓다
이렇게라도 하지 않으면 영원히 만날 수 없을 것 같던

너와 내가 섞이고 또 섞이게 되었다

부안 적벽강 해안에서 만난 너와 나
내 마음의 울퉁불퉁함과 네 마음의 이지러짐조차
서로 빚어지고 어우러지니 붉은 빛 도는 페퍼라이트를 낳았다

살면서 감추고, 숨겨 두었던 열정들
온 몸으로 알아주는 이를 만나
용암처럼 밀려오는 그의 가슴을
그냥 그렇게 맞이할 수밖에 없었다
어쩌면 그런 너를 오래도록
나도 모르게 기다리고 있었는지 모른다

살면서 우리는 페퍼라이트 같은 운명을
간절하게 기다리고 있는 것인지도

–「페퍼라이트 – 세상에서 가장 아름다운 돌」

'세상에서 가장 아름다운 돌'이라는 부제를 달고 있는 이 시는 높은 순도를 자랑하는 보석을 노래한 시는 아니다. 이 돌은 페퍼라이트라는 돌로서, 시인의 주석에 따르면 "용암과 퇴적물의 불규칙한 덩어리들이 함께 굳어지면서 만들어진 역암과 비슷한 퇴적암"을 가리킨다고 한

다. 그것의 모양과 색깔과 질감을 두고 아름답다 한 것은 아니리라. 페퍼라이트의 생성과정에서 유추한 인간관계의 미학에 대해 말하고 있는 것이다. 우주 속에 내던져진 단독자로서 실존적 존재라는 사실 때문에 앞서 시인은 인간을 섬과 같은 존재로 규정했다. 하지만 또한 인간은 관계 속에서 살아간다. 내 것을 고집하고 내 영역을 고수하면서 관계를 형성할 수는 없다. 내 것을 비우고 내 곁에 틈을 마련해줘야 관계는 형성된다. 물리적으로도 화학적으로도 정신적으로도 관계란 내 것만을 고집해서는 이루어질 수 없는 것이다. "내 마음의 울퉁불퉁함과 네 마음의 이지러짐조차/ 서로 빚어지고 어우러지니 붉은 빛 도는 페퍼라이트를 낳"게 되는 것이다. 페퍼라이트라는 객관적상관물이 환기시키는 것은 어우러지고 조화를 이룬 아름다운 인간관계인 것이다. 나만의 정체성을 다지며 살아오다가 운명처럼 만나 한 사람을 만난다. 그 만남이 아름다운 관계로 이어지는 과정에서 나의 정체성은 또 다른 정체성을 인정하고 수용하며 조화를 이루어내야 한다. 그러나 역설적이게도 이는 내가 나의 삶의 주인이었을 때 가능한 일이다. '나'이면서 또 '우리'인 변증법적 승화와 조화가 그래서 가능한 것이다. 용암과 퇴적물의 정체성이 그 정체성으로 하여 페퍼라이트라는 또 다른 돌을 만든다. 그 조화로운 관계를 시인은 아름답다 한 것이다.

이음새 없는 스웨터 한 벌 훌훌 짓는 천의무봉
운명처럼 날아가 버린 한쪽 다리 대신
야구공을 날리던 손으로 대바늘과 코바늘을 잡는 순간
뜨지 못할 것은 아무것도 없었다

세상, 너의 속마음도 떠 보려한다

속내를 뜨개질 하는 대신에
천만가지 오색 실타래 풀어 절뚝이던 시간을
씨실, 날실 엮어 이 모양, 저 모양으로 조각해 보았다
두 코 뜨고 한 단 넘어가며 한 수 미리 가늠해보아야 했다
가장 정직한 얽기를 시작해 바늘 하나만 갖고도
세상 한 모퉁이를 다 돌아보게 되니
긴 생(生의) 여정도 얼추 다 품게 되었다

뜨지 못할 삶은 없다

―「뜨개질」

인용한 시는 김선우 시인이 시를 쓰는 자세와 삶을 살아가는 태도를 상징적으로 드러내 보여준다. 아마 야구공을 던지던 야구선수의 삶 이야기인 듯싶다. 어느 날 한쪽 다리를 잃는 크나큰 사고를 겪은 후 뜨개질에 몰두하게 되고 그 분야에서 삶을 발견하게 되었다는 내용이다.

장애를 가진 특수한 경우를 설정했다고 볼 수도 있으나 이는 어느 한 개인의 경우라기보다는 시인은 우리 인간 보편의 상황으로 인식하고 있음을 알 수 있다. 완벽한 개인이란 있을 수 없고 누구나가 남들이 알지 못하는 심신의 결핍과 절망과 상처를 가지고 있다는 점에서 그렇다. 이 시에서도 역시 이러한 현실인식으로부터 '어떻게 살 것인가'에 대한 답을 끌어내는 방식으로 전개되고 있다.

모든 걸 다 가진 사람에게 바늘 하나는 아무것도 아니겠지만 모든 걸 다 잃어본 사람에게 뜨개바늘 하나는 그게 삶을 지탱해주는 버팀목이 될 수도 있다. 세계로 나아가는 뗏목일 수 있다. 그와 같이 삶의 세목을 찬찬히 들여다보고 그것의 의미를 찾는 게 시인의 일이기도 하다. 시적화자는 다리를 잃고 뜨개질에서 삶을 발견한다. 그 발견의 과정은 수많은 절망과 탐색의 반복이었을 것이다. "천만 가지 오색 실타래 풀어 절뚝이던 시간을/씨실, 날실 엮어 이 모양, 저 모양으로 조각해 보았다/두 코 뜨고 한 단 넘어가며 한 수 미리 가늠해보아야 했다"라는 표현이 이를 말해준다. 시적화자는, 시인은 삶을 살아내는 일은 뜨개질과 같다고 말하고 있다. 한 바늘 빠지면 그만큼 옷은 불완전하게 되는 것이다. 한 바늘은 그 다음 바늘의 전제가 되고 바탕이 되니 빠질 수도 없는 것이다. "가장 정직한 얽기를 시작해 바늘 하나만 갖고도/세상 한 모퉁이를 다 돌아보게 되니/긴 생(生)의 여정도 얼추 다 품게 되었다"라고 말하는 시인은 삶을 살아가는 데 그렇게 많은 무기와 전략이 필요한 것은 아니라고 말하고 있는지도 모른다. 시인은 바늘 하나만 갖고도 생의 여정을 다 품을 수 있다고 말한다. "가장 정직한 얽기"가 삶인 것이다. 그래서 정직한 얽기가 끝났을 때 온전히 생을 품게 될 수 있는 것이다.

스스로를 시라는 거울에 비춰보는 시인은 거울에 비추어진 나 아닌 것들은 과감하게 털어버리고 벗어버린다. 비본질적인 것들을 걸러내고 참다운 것들은 찾아내어 더욱 닦는다. 김선우의 시가 화려한 수식이 없는 것은 그래서 우연이 아니다. 어설픈 언어유희로 말놀이에 빠지거나 도착된 이미지의 낯선 배열로 감각의 유희에 빠지지도 않는다. 통사구조를 벗어난 기괴한 언어조합이 만들어내는 우연적인 의미 혹은 무의미 놀이에도 빠지지 않는다. 구도자의 그것처럼 시인의 언어는 진지하며 진정성을 붙잡고자 하는 자세는 숙연하기까지 하다.

서해 흐르던 물길 따라 들어 와
짜고 때때로 쓰디쓴 인생의 고락을 담아 반짝거린다
드넓은 하얀 밭이 갈수록 낮아지는 이치를 일러주며
바람과 햇살 속에서 희디흰 꽃을 피워낸다
딱 그 온도라야 얻을 수 있다는 달디 단 그 맛
정도를 벗어난 쓰디쓴 쭉정이들은

다시 온 곳으로 되돌려진다
더 많은 욕심으로 물을 섞고 농도를 바꿔치는 얍삽함
애초부터 곰소에서는 당치도 않은 법
깊고, 절절하게, 담담하고, 낮게
세상 절이는 진짜 같은 맛이 된다
그제서야
비로소 소금이 온다

-「소금이 온다」

곰소 염전에서 소금을 만들 때 "더 많은 욕심으로 물을 섞고 농도를 바꿔치는 얍삽함" 애초부터 당치도 않다. "정도를 벗어난 쓰디쓴 쭉정이들은/다시 온 곳으로 되돌려지"고 "흰 꽃"처럼 남는 게 소금이라는 것이다. 비본질적인 것, 거짓인 것을 다 제거하고 남은 순수한 본질을 가리키는 것이다. 소금이 오는 자세는 어떠한가? "깊고, 낮게, 절절하게, 담담"하다. 공을 들이고 또한 오랜 기다림 끝에 오는 것이라서 소금은 "오는 것"으로 표현한다. 단박에 기계로 찍어내고 구워내는 일회용품 같은 게 아니란 말이다. 소금 굽는 과정에 투사된 시인의 삶의 자세로 읽어야 옳다. 순도 높은 소금 같은 영혼이고 정신일 때 비로소 세상을 절일 수 있는 것 아니겠는가? 맛을 낼 수 있는 것 아니겠는가?

비본질적인 것, 거짓인 것들을 떨쳐버리고 순도 높은

영혼에 이르려는 몸짓은 가령 「포쇄」 같은 시에서도 볼 수 있다. 포쇄란 "책이나 옷 따위를 볕에 쪼이고 바람에 쐬는 일"을 가리키는 말이다. 시인은 "그 납작하게 눌린 시간의 압화들 한곳에 모아/바람 좋은 날 보란 듯이 펼쳐 볕 맑은 기운 골고루 쐬어 주며/행여라도 행간 어디에 숨었을 이끼 같은 벌레들을 날려버린다". "아픈 것도 그리운 것도 모두 함께 후후 불어내고 나면/다시 청청한 얼굴"이 되기 때문이다.

강변 따라 핀 봄소식들 어느새 지고
화사한 언덕길 내려와 희미한 기억의 지도를 더듬어 간다
문득 걸어가는 길이 아릿하다
꽃들이 진 자리마다 잎들이 푸르게 자란다
졌다고 그들의 꿈까지 사라진 건 아니다
고요한 맺음의 순간을 맞기 위해
환하던 날개를 접고 입적의 순간에 든다
다시 피어나기 위해 제 스스로 어둠 속으로 스며드는 중이다
깜깜함 속에 오래 머물러 있을수록, 깊이 잠겨 있을수록
그 저릿한 담금질은 오히려 힘이 된다

그대의 빛을 비추려면 어둠 속으로 들어가야 하는 것을

—「어둠 속으로」

본질에 이르기 위하여, 영혼의 황금 부분에 이르기 위하여 스스로에게 다가오는 어둠을 피하지 않는다. 언제나 봄일 수는 없다. 꽃이 언제나 아름답게 피어있을 수는 없다. 생의 매 순간에 일희일비하지 않고 꽃들이 져야 다시 그 자리에 푸른 잎이 돋아나는 자연의 순환질서에 순응하며 삶의 어두운 부분까지를 제 몫으로 살아내려는 적극적 의지를 시인은 갖고 있다. "깜깜함 속에 오래 머물러 있을수록, 깊이 잠겨 있을수록" 그 담금질은 힘이 된다고 말한다. 그리하여 스스로뿐만 아니라 다른 이의 어둠을 밝힐 수 있다. 어둠 속이 아니라면 어디서 빛을 발견한단 말인가? 거기서 발견한 빛으로 이웃의 어둠까지를 밝힐 수 있는 것이다. 현재적 삶의 고통을 외면하지 않고 정면으로 맞서려는 의지는 미래에 대한 희망과 낙관의 자세에서 비롯된다.

(전략)

세상이 잠시 휘청거린다고

이 세계가 잠들지는 않는다

누워서도 세상의 별은 빛나고

거꾸로 가는 걸음 속에도

바람이 놓친 꽃들이 피어나고 있다

흩어지지 않는 꽃잎

– 「운주사 3」 부분

생에 대한 무한긍정을 엿볼 수 있는 대목이다. 그리고 이것은 넘어져 본 자만이 할 수 있는 진술이다. 독한 희망이다. 다시는 흩어지지 않겠다는 야무진 다짐이기도 하다. 부언하자면, 넘어지고 고꾸라지고 엎어져 보고 누워보라는 전언이기도 하다. 시 곳곳에서 발견되는 '꽃', '별', '빛', '소금' 등은 시인의 지향점을 상징적으로 보여주는데, 낭만적인 어휘임에도 불구하고 실상 그 시적 함의는 매우 견고하고 의지적인 것이며 고통에서 빚어낸 사리와도 같은 것이다.

시인은 일찍 돌아가신 아버지에 대한 연민과 그리움을 노래하고 있으며, 폐지를 줍는 노인에게도 애잔한 눈빛을 던지고 있고, 고구마순을 파는 아주머니에게서 동생의 목소리를 듣기도 한다. 세월호에 희생된 어린 영혼을 그냥 지나치지 못한다. 그런가 하면 전봉준, 김개남, 동록개와 같은 역사적 인물에 대한 관심을 시로써 그려내기도 한다. 우리 삶의 중심에 진입하지 못하고 밀려난 것들, 사라진 것들, 그러나 꼭 붙잡아두고 싶은 순간들에 대한 그리움과 안타까움을 시로써 노래하는 것이다. 그러나 분명 그것들이 사라져버린 것이 아니라 실은 '우리'를 구성하는 소중한 현재적이고 미래적인 가치임을 잊지 않는다. 시인은 그것들 속에서 스스로를 발견하고 삶의 지향점을 찾는다.

시인은 시에 끊임없이 자신을 던져 비춰본다. 그것은 반드시 유쾌하고 즐거운 일만은 아니다. 비루하고 가식적이며 추레한 자신을 발견할 때가 대부분이기 때문이다. 그것에 정면으로 맞설 수 있을 때 시인은 낡은 껍질을 부정하고 거기서 빛을 발견해내고 힘을 얻으며 방향을 얻는다. 김선우의 시를 읽다 보면 시는 생을 버티게 해주는 단단한 버팀목 같다는 느낌을 지울 수 없다. 흔들리는 삶을 붙잡아주고 깊이 뿌리내리게 하는, 그래서 질곡의 현실을 버티고 하늘을 향하여 푸르른 가지를 펼치게 만드는 힘을 거기서 얻는 듯하다. 시인에게 시는 시인이라는 허명과 자기 존재감을 과시하기 위한 도구가 아닌 것이다.

시를 통해 이르고자 하는 궁극은 어디일까? 참다운 자신의 오롯한 그 자리 아닐까? 그러자면 앞으로도 오래 헤맬 것이다. 또한, 그러해야 하리라 믿는다.